野花开处是家乡

信马南山 作品

江西教育出版社
JIANGXI EDUCATION PUBLISHING HOUSE

代序 | 自由自在，岂不快哉

中华诗词学会理事 著名诗人 王邦建

自古至今，大凡真正擅诗之人，或性情激扬，或惜玉怜香，或行为乖张，其作必有惊人之处。

古有李杜，千年永垂。

当世诗词多泛泛之作，或辞藻华丽，或空洞无物，或无病呻吟……

学军的作品是山间的一股清流。没有歌颂，很少鞭挞，不迎合，不恭维，少愤怒，多感伤。有风花雪月，有戏说调侃，有飞鸟白云，有潺潺流水，有一壶小酒，有忧伤感怀。

　　学军是我的学生。之前也知道他最早是学画画的，但一直未见识其大作。直到有一天，看到了这些作品。

　　作品令我很惊讶，既有丰子恺的笔意，又有文人画的韵味，简单明了，配上直击心灵的打油诗，可读性很强。那些鸳鸯蝴蝶、优哉游哉、幽默潇洒，古风现代兼有的诗句，颇具古意雅韵，真的很美！如"天上一朵云彩，地上两个无赖，不管狗事猫事，只想喝个痛快！" 其中的自在心境，只有读者自己慢慢体味了。

　　据他自己说，这都是一挥而就的练习画，没有草稿，没有过多的思考，拿起笔来就画，基本上半小时内完事。

　　当今画展诸作，过多的技法罗列反而限制了思想的表达。我对画技虽不甚了解，但作为阅读者，我首先看到的是画的内涵。

　　这些画无拘无束，自由自在，是作者心境的真实体验，适合在忙碌的生活中，坐下来，静静地品读。

　　"睁他一眼闭他一眼，上台下野懒得去管。大千世界少点折腾，只想安静做个美男。"既有无奈，又有调侃，明喻避世却隐含鞭挞，这是一种了不起的境界！

　　自由自在，活在人间。及时行乐，岂不快哉！

2016 年 9 月 19 日

自序 | 说句心里画

信马南山

这是我的一本纯粹表达个人情感和想法的涂鸦集。

画面，笔墨表达没有那么技法高超；诗词，不一定符合平仄格律，甚至有些打油；字体书法，七扭八拐，颇为自由散漫，名曰"气死书圣体"。

把所谓"诗书画三绝"捏合在一起，形成了这些小画。不为别的，就为了好玩儿！

去美术馆，看有的画，磨来抹去，画得很精致，技法令人叹为观止！看多了就像红地毯上整了容的美女，订制锥子脸，波涛荡漾，不耐看，没味道。

　　展厅书法很多都是古人碑帖的复制，少了个性。有点个性的作品，却往往流于浮躁，有哗众取宠之嫌。

　　诗词，今人再怎么写，也不是唐宋味道。原因只有一个：你不是古人。

　　这些问题或许我的画里都有，但是，我希望它们以"有味道"的姿态出现。一桌菜，没有玉碗金碟，不是山珍海味，只要厨师用心去做，干净纯粹，食客大呼：好吃！足矣！

　　一支笔，一张纸，一通乱涂，几句调侃，不一定准确，没怎么推敲，想到哪里画到哪里，想怎么说就怎么说。记录心情，抒写感悟，给苦逼加点酱油，为辛酸抹点佐料。吃着挂面也可以风花雪月，茅屋破落不耽误巫山云雨，脚步匆匆不遗失怀古闷骚，活得再难也要优雅直面。

　　大学刚毕业，我就开始在本子上胡写乱画，并写上几句表达彼时情怀的话，那时候就觉得这种形式很好，随即陆续发表了一些作品。直到近几年，研习书画，心得颇多。加上生活变化，阅历增长，于是画了一批，朋友们看了，均颇为喜欢。他们说在画中看到了情怀、看到了诙谐、看到了丑恶、看到了希望——我只看到了我。

　　不说了，搬砖去了！

2016 年 3 月 30 日

目　录

乡愁音

乡愁的愁，是个什么愁

春花秋月，岁月蹉跎，人生自是颠沛流离；雁字回首，碧水空流，时间揉皱了镜中容颜。

于夕阳下独坐，在晚霞中静思，鸟鸣声中沏一壶茶，咀嚼着茶叶的苦涩滋味，看树影妩媚，远山浩渺。脚下的小溪静静地流淌，挟裹着花瓣、落叶、草根，有炊烟袅袅升起，与山腰间氤氲融为一体。此情此景，忽一种莫名如烟情绪袭来，"浮生恰似冰底水，日夜东流人不知"，叹古悲今，忆旧思远，不觉潸然泪下，一饮而尽，跌落茶杯。

或许，这就是古今客居人、行旅者所谓的乡愁。

　　乡愁，自古以来都理解为对故土的思念、眷恋之情，它是人类共同而永恒的情感。远离故乡的游子，挣取劳动报酬的漂泊者，四处奔波寻找食物的流浪汉，因故搬迁外地的移民，谁不会时常回忆起梧桐树上粘过的知了？自家果园里摘过的苹果？开满野花的山坡？以及两小无猜的童年？

　　"幸不折来伤岁暮，若为看去乱乡愁。" 时光总是太匆匆，它洗涤了往事所有的情节，只是保留了一部分瞬间特写，让彩色的经历凝结成发黄的记忆相册，深深地印在脑海中，偶尔在风中开启、翻页……

　　"去日儿童皆长大，昔年亲友半凋零。"当年华渐老，人的乡愁情愫，更多地夹杂着对时光流逝的喟叹，对季节转换的感悟，对容颜易老的唏嘘。

　　今人的乡愁，却比古人的乡愁具备了更多的含义，亦沾染了更多的现代色彩。

　　一样的异乡漂泊，一样的他乡打拼，一样的彷徨迷茫，一样的借酒浇愁。

　　古人因交通工具的落后，回趟家不容易，"少小离家老大回"，长年累月，远途跋涉。今人却简单多了，飞机高铁，自驾骑车。而通讯工具的发达，又省去了不少思念之苦，视频一下，聊寄相思。

　　今人的乡愁，无非两个愁：对自己的愁，对家乡的愁。

　　若香车宝马，衣锦还乡，倒也光宗耀祖，好不风光！若平平淡淡，波澜不惊，也就怠于回家，即使回家也是来也匆匆去也匆匆，不惊扰一片云彩。大凡乡人，街头巷尾对"闯外"者多有比较，富贵贫穷皆有评判和议论。虽闲得蛋疼，过过嘴瘾，然谁又能体味漂泊者的艰辛不易？与其被人评说，倒不如躲进小楼，努力也好，颓废也罢，管他冬夏与春秋。此为：自己的愁。

　　对家乡的愁：过去的破屋寒村，虽已改变不少，然与城市相比，依然差距不小。生活好了，然而难免人心不古，沾染坏的习气。城市和乡村之间，总是隔着一堵厚厚的墙。这堵墙，不是物质，不是经济，而是文明差异。背井离乡者个人却没有能力去贡献、改变。

　　是享受乡愁带来的喧嚣浮躁，还是躲避乡愁保持内心宁静？可悲的是，一晃三十多年，故乡已成他乡！

　　古人的乡愁今人难以感受，今人的乡愁古人不能体会。

　　"日暮乡关何处是，烟波江上使人愁。"乡愁是海上花，随流水颠簸飘零不定；乡愁是镜中月，夜半梦醒顾影自怜；乡愁是内心解不开的结，解不开了就随它缠绕吧！乡愁是山间的烟云，斩不断，理还乱！

百年后，乡愁不也是伴着生命一起随风飘散吗？

乡愁的愁，是个无解的愁。

2016 年 8 月 8 日写于京郊不聊斋

野花開家是家
鄉陽光行囊一身傷
胸中空有夢想
不是爹娘
雷少萬

野花开处是家乡，
阳光行囊一身伤。
胸中空有梦想，
村口不见爹娘。

冷雨敲打寒窗
疾风吹灭
烛光飘
泊三十余
年
故乡已成
他乡

丙申大雨宿
有感

故乡已成他乡。
飘泊三十余年，
疾风吹灭烛光。
冷雨敲打寒窗，

每一次远行，
都放飞长长的牵绊。
每一次想念，
都触动倔强背后的柔软。
每一次见面，
线上的距离都会缩短。
每一次别离，
或许都是永不再见。

终于读懂了你，
皱纹里的牵挂。
虽然满满是爱，
但是从不说话。

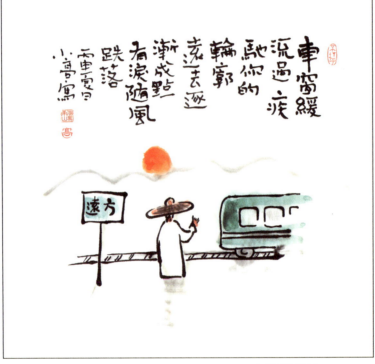

车窗缓缓流过,
疾驰你的轮廓。
远去逐渐成点,
有泪随风跌落。

走遍万水千山，
擎我一枝小荷，
何惧小河弯弯。
前路一马平川。

木有世间肮脏
祇有詩和遠方
要問介似拉里
老樹晚霞夢鄉
丙申春小嵩

木有世间肮脏，
只有诗和远方。
要问介似拉里，
老树晚霞梦乡。

远山白云野花，
小桥流水人家，
炊烟蒸熟晚霞。
夕阳西下，
远行人在天涯。

天上云接水，
地上水连天。
倦鸟可归巢，
此心何处安。

江水头，
飘摇舟，
一树晚霞映沙鸥。
离别泪，
杯中酒，
锦书在衣慰乡愁。

听到几声唢呐，
扯破如血残阳。
数个白衣徐行，
大声哭喊亲娘。

夜阑惊起，
风破窗纸，
氤氲仙气花影迷，
一钩月挂小楼西。
几缕伤怀，
徒叹星稀，
清冷境地老来不敌。
更声敲梦碎，
无语笑添衣。

今夜雷鸣雨骤，
残酒不消浓愁。
老树寒鸦枯藤，
青衫相思泪透。

又是一年秋风凉，
残红犹俏叶微黄。
独坐醉饮笑忘书，
李白杜甫都很忙。

对着花枝发呆，
好像一尊泥胎。
明年这个时候，
花儿还开不开。

起床上个厕所，
月亮光芒照我。
风声掠过枝头，
花儿开了数朵。

二十多年没见，
还是那么好看。
当年要是从我，
现在该有多惨。

三十多年未见，
头发少了大半。
当年我最多情，
数你调皮捣蛋。

因為缺乏鍛煉
體型變得難看
見到兒時好友
以為腰纏萬貫

因为缺乏锻炼，
体型变得难看。
见到儿时好友，
以为腰缠万贯。

最近吃得太多，
浑身都是肥肉。
朋友见了大呼，
哥你霸气侧漏。

惟知霞光短，
不觉岁月长。
与君相依偎，
日暮看夕阳。

梦里做个英雄。
迷魂酒解千愁，
懒理村妇相争，
惯看秋月春风，

壮士横刀立马，
难种半亩小田。
天下大事简单，
家事尤其难缠。

粗茶淡饭青菜，
身体健康倍儿好。
家里客人来访，
说你收入太少。

挑着两条大鱼，
孝敬岳父大人。
收成虽然一般，
这事不能丢人。

背着大西瓜，
今天去看她。
瓜熟蒂落时，
把她娶回家。

云儿不回家，
摘朵送给她。
她说我不要，
脸上笑开花。

小伙离京三年，
回家养猪种田。
娶了当地村花，
绿色环保有钱。

美人看我一眼，
心中起了涟漪。
待俺返老还童，
赚点银子娶你。

荷花绿盖轻摇，
兰舟初发拂晓。
玉人何处等候，
家中一切可好？

一树初绽花蕾，
一片胭脂春水。
一怀莫名情绪，
一个少年好美。

今时花开无奈，明日月缺花败。
此生不待花埋，只念那时花开。

世间事，
揉捏易碎，
烧铸千年成瓷。
陌上人，
缘为平生，
美丽一树别离。

夜阑静，
月笼薄纱，
相思浓，
遥与君共鸣。
竹摇清风花瓣雨，
庭院深深，
问有愁几许？

《铡美案》之秦香莲：
一世荣华路，
半生在寒窑。
共苦不同甘，
狼子胭脂抛。
落得虎头铡，
青天降人妖。

《桃花扇》
公子秣陵侨寓，恰遇南国佳人。
世间苦难离合，桃花扇寄香君。

曲剧《卷席筒》
善哉小苍娃，
爱释罪与罚。
席卷权和欲，
情愫动吾华。

婉儿有心放翁有意，只怨世间薄情天气。
沈园旧事今非昨日，伤心桥下春波犹绿。
怕人寻问咽泪装欢，不堪幽梦零落成泥。
惊鸿照影烟火不食，是否怪你过份美丽？

春天柳绿花红，
你的心思俺懂。
怎奈时光匆匆，
哥我恨水长东。

一池荷花开放，
水边立着姑娘。
感受瞬间美好，
生活有了方向。

偶遇一美女，大眼似鹅蛋。
觉得很熟悉，似曾梦中见。

梧桐更兼细雨，
打湿丁香气息。
不近不远距离，
若隐若现美丽。

舟横依依晚照，浮萍随波飘摇。
云展云舒飞鸟，聚散童年阿娇。

上山捉蚂蚱，下河摸大鱼。不怕顽童笑，回到少年时。

三个小娃娃，从小志气大。骑上小毛驴，梦想走天涯。
超载，超载！停下，停下！小孩是否醉驾？

阳光照进山里，狗蛋砍柴早起。
铁柱捉个蚂蚱，二妮做饭洗衣。
山外熙熙攘攘，墙头看东看西。
云儿飘向何方，满眼都是好奇。
山里山外不远，一墙之隔距离。

夜阑窗寒漏灯暖

这是一束半遮半露的灯光，随着窗帘的抖动而跳跃闪烁。

在格子楼里它是唯一还亮着的灯，昏黄的，暖暖的，于白雪皑皑的夜里显得那么刺眼。

偶尔有人的剪影映在窗帘上，似乎是在张望着窗外零星飘落的雪，抑或是在欣赏窗台半寐半醒的几朵梅花。

有夜行的人，经过这栋格子楼，会不由自主地停下来，抬起头，仰望着这半窗灯火。

雪披在身上，行囊背在身后，寒冷在心头颤抖，回想起一天的艰辛不易，眼睛里有晶莹的泪水随雪花跌落。

一束小小的灯火，点亮远行者回家的路。

小时候，当下了晚自习，骑着自行车，和小伙伴们追逐嬉戏着，回到野花遍地的村子，此时，那满院的灯光，是母亲为我留的灯。读书的枯燥随着灯的飘忽化为乌有，对食物的饥渴在灯光凝聚下得到了满足。那时候，记忆里没有黑夜白日之分，只有太阳和灯光之别。

长大成人，为生计离家远行，四处漂泊。当月上柳梢，夜色弥漫，特别喜欢坐在公园长凳上，看那家家户户窗户里忽明忽暗的灯，臆想着每个格子里可能正在发生的故事，偶尔会有莫名的惆怅涌上心头，思念也好，乡愁也罢，仿佛一天的疲惫也得到充足的缓解。

当有一天拥有了自己的家，此时天天处在格子楼的灯光里面，发生着当年曾经臆想的或许别人也发生过的故事，反而少了很多漂泊岁月时的感触。年华渐老，一切趋于平淡，心也很难泛起波澜。偶尔楼下散步，看见绿地的长椅上有人在酣睡，冰封的柔软会瞬间触动一下，自问：这不正是当年的我吗？

在光怪陆离的世界里，有着五彩斑斓的灯，每一盏灯，都是那么明亮，那么刺眼，有时候反而会感觉十分冰冷，逐渐让人迷失自己。

灯光，一束就好，也许只有在静谧的黑夜里才会让人心暖。

这盏灯，点燃在心里，驱散黑暗，给我希望，是我每天醒来都微笑的理由。

2016 年 8 月 20 日写于京郊不聊斋

初到某个地方，
远看云朵飘来。
此刻五味杂陈，
像极流浪小孩。

一座座山，一挂挂桥，一身行囊路途遥。
一天天风，一夜夜雨，一日甘霖数年苦。
一岁岁修，一载载行，一池莲开未了情。

迢迢旅途，初月无尘。
天涯行者，信步凝神。
残了旧梦，湿了花痕。
谁非过客，花是主人。

万里长江奔流，珠穆朗玛峰高。
现实亮瞎梦想，江山如此多娇。

日出日落霞光满天，
云聚云散气象万千。
这样一个特别日子，
貌似我们忘记怀念。

这是我的格言，刻在石头上面。
一晃三十多年，命运没有改变。

搬了半辈子砖，停下抽袋旱烟。一生这么过去，似乎心有不甘。

外地搬砖十年，整得一身伤残。
有人总是问你，赚了多少金钱。

浩渺世界大千，落日浮沉远山。岁华不经残年，荣辱往事如烟。

斑驳宝剑青冥，
江湖且走且停。
偶尔回顾前生，
远山碧水残红。

走过许多地方，也曾领略风光。每到夜深人静，角落独自舔伤。

《吃面图》
白天饱经沧桑，
夜来一碗面汤。
两片牛肉钩沉，
一缕莫名忧伤。

白云压在山头，山下碧水缓流。看着自己倒影，生出一缕闲愁。

生平尽是装蒜，世事几多牵绊。

当今江湖太吵，朋友实在太少。
低了怕溅狗血，高处防止狗咬。

有人就有争斗，相互抬杠搞臭。
到处落井下石，人心堪比野兽。

世界原本美丽，奈何无法呼吸。多想拉长脖子，借点新鲜空气。

春天关了窗户，闹市没了行人。小鸟屏住呼吸，梦想染了灰尘。

转眼人到中年，天天忙着挣钱。也想腰缠万贯，醒来这梦很甜。

有人说我老了，脸上有点憔悴。
回家照照镜子，瞬间满眼是泪。

铲除脸上胡渣，熨平额头波浪。
颜值不复当年，还算人模狗样。

花朵颓废洒落，乌鸦耍着流氓。
这段灰色砖墙，铭刻不堪过往。

这段灰色砖墙
铭刻不堪过往
花朵颓废洒落
乌鸦耍着流氓
甲午冬蔚记

荷花一池袅袅，
窗外蛙声骚扰。
月华恰似流水，
轻抚小屋茅草。
几只蚊子环绕，
两本青史烂稿。
心在千里之外，
想你百般美好。

有时有点郁闷，有时有点悲伤。却看一池荷塘，脸上花儿开放。

半生苦涩泡饮茶中，月隐云舒初上华灯。
满纸辛酸书卷清风，晚霞炊烟夜来香浓。

百年名利客，千里浮云飘。一抔忠厚土，三山埋风骚。

悬一轮日暮斜阳，穿一溪傍水丛林。
行一路披荆斩棘，吟一曲平淡天真。
背一肩三山五岳，饮一壶桃花潭深。
甩一襟春秋晚照，守一份云水禅心。

擎我一盏明灯。
歧路不解行囊，
漫道迷途眼睛。
疏林骤雨兼风，

愁也罢，喜也罢，时光慢慢远离。
笑也罢，泪也罢，一切都会过去。

闲花荷锄漫步，误入早春深处。
沉醉鸟鸣花袭，不见来时归路。

四十三年行旅,
三千里地天下。
趟过这片乱花,
可是梦中老家?

几朵梅开满地雪，两行足迹觅芳踪。

浓墨洇了胭脂，春水误了花期。
翻开一本古书，读点美好东西。

酒是文人罂粟，
色是艺术标配。
今夜没有灵感，
来点什么调味？

桃花醉酒，少男含羞。
雄狗穿裙，美女露肉。
雾锁眉头，春打折扣。
心常洗尘，衣冠勤瘦。

一碗心靈雞湯
一本肉體創傷
一部蹉跎歷史
一生大夢一場
丙申心高鴻

一碗心灵鸡汤，
一本肉体创伤。
一部蹉跎历史，
一生大梦一场。

良辰美景佳节，一地繁华寥落。
星光瘦过烟花，人比烟花寂寞。

白天喂马劈柴，
夜来喝酒开怀。
纵有千般疾苦，
随尿和风畅排。

天气晴晴无雨，心中空空无欲。一朵待开莲花，带着恶果远去。
照见五蕴皆空，水面点点涟漪。水里没有游鱼。只有一个自己。

故事与花掩埋。
可惜懒得去写，
远比小说精彩。
每人都有阅历，

残冬不忍别，
三月亦飞雪。
春枝发嫩芽，
骄傲梅花绝。

今时明月古时风，万里长城一望中。
你来只是照个相，我来又看夕阳红。

某一天，坐看风摇花蕊

这或许是一天中最惬意的时刻。

一壶陈年老酒，一碟老醋花生，一片白云悠悠，一池荷花绽放，一个人，静静的。

晚霞逐渐生成，落在衣襟上，掸不掉，吹不去。远山由青变灰，渐渐镀上霞红。不知名的鸟在树上鸣叫，反徒增宁静。有微风来，拂了皱纹，拂了发须，痒痒的。

这是荷塘最好的花季。荷叶正圆润如盖，娇翠欲滴，水珠儿在上面放肆地打滚。象牙白的花，胭脂红的花，花瓣在粉色的花影中，勾勒着工整的脉络，好似美人画的一幅工笔画。鹅黄色的花蕊在嫩粉色花瓣中生动点缀，相融相生，毫不夺取美丽。有青青的莲蓬探出头来，好像眨着十几只眼睛，灵动而可爱。青蛙是怕别人把它遗忘吗？偶尔叫上两声，刷着存在感。几只蜻蜓嬉戏花间，快速掠过水面。水面倒映着天空、晚霞、荷花、独酌的我……

老酒辛辣，但不上头，几杯入口，脸略红润，感觉正好。

风乍起，荷花带叶轻摇，竟有花蕊被吹起，飘浮在空中，再跌入水面。几枝荷叶竟也有了浅黄的斑点，如同长久抽过烟的牙齿。花瓣摇曳在风中，好似一个美丽的少女在风雨中潜行，让岸边的饮酒人徒生几许无名的惜香怜玉。

又是一年花开时，无奈花落亦有期。每年的春夏秋冬，四季更迭，从乍暖还寒时节，野鸭踏冰，水草初萌，到今日"接天莲叶无穷碧"，再到秋来萧索，荷叶凋敝，直到最后零落成泥，冰封残池，都离不开畅饮者的期许、赞美、感慨、叹息。

世间花如是，人又何尝不是水中花呢？

懵懂少年不更事，如春日野花萌生。世界很精彩，但世界很无奈。弱冠之年，走南闯北，四处碰壁，却是身不知其苦，资本惟"年轻"二字可以炫耀，像极了池中骄傲的荷花。当经历太多的苦痛，逐渐明白了生之不易，心也慢慢沉淀，不再那么浮躁。虽已参透了世间的一切，却无奈皱纹渐增，发须渐白，年华逐渐老去，如同荷花的枯萎凋落。

人类纵横数万年，世世代代如此，不可违矣！

名利如一襟晚照，只是暂得几分妖娆。浮华像风中花蕊，一切皆随风去了。

酒至酣处，夕阳落下，黑夜吞没荷塘。

收了酒壶，就此打住，回家消我残梦。

2016 年 8 月 30 日写于京郊不聊斋

你走你的江湖，我剔我的虫牙。
没事捉捉虱子，晒晒你的活法。

一池游鱼做东，逍遥乐在其中。烦事爱咋咋的，草民四大皆空。

真想做只小鸟，飞得又远又高。无意占你老巢，借我几天可好？

乐得逍遥，放下就好。

什么也不要想，
什么也不用做。
窗前一钩新月，
看王朝静流过。

迎风踏沙走一走，
笑傲江湖抖三抖。
世间糊涂明白事，
容我先饮壶中酒。

翠盖叶摇遮望眼，笑看红泥戏青田。
醉翁不爱妖媚气，一池风景濯清涟。

今天起得好早，月亮刚上树梢。泡上一壶晚霞，调戏林间倦鸟。

与知己喝喝酒，
和红颜吹吹牛。
同囚鸟聊聊天，
对老天发发愁。

落花铺红叠被厚，流水蓝裳随步皱。
乱雨风声双耳透，酸诗伴酒壶中漏。

待在笼中也好，每天都能吃饱。
只是很不自由，外面山川浩渺。

鸟兒吃得很饱，
放出笼中不跑。
纵然海阔天空，
此处乐得逍遥。

家里一担柴，箱中几本书。借我三两肉，小鸡炖蘑菇。

酒壶一担，醉里江南。

山悠悠，水悠悠，一担莲藕晃悠悠；
天悠悠，地悠悠，信马南山乐悠悠。

我穷你坏大家好，有什么大不了。
身正影斜脖子歪，没什么看不开。

大树底下乘凉，小河岸边磨刀。忙着收割庄稼，哪管降魔除妖。

生活少了乐趣，不如山中小住。晚上头枕繁星，白天河畔信步。

树上鸟儿咆哮，树下睡个大觉。
没占你的地盘，为何来此乱叫？
是否语言不通，呼噜惹得鸟笑。
下来喝它一壶，和平共处不闹。

够我喝它一壶。
眼底汪洋江湖，
扁舟飘摇沉浮。
山川美景画图，

一阵狂风吹过，世间生灵哆嗦。
何来气定神闲，一位老翁端坐。

《偷香图》 有花开了无人赏，且待老叟来偷香。

看见一朵牡丹，长在牛粪上面。
抬手意欲抚摸，惟恐手上尘染。

惟有鸟儿飞来。
不见刹那芳华，
一片眼底花开。
两个好色之徒，

鸟惊花枝颤，
花下埋花瓣。
虽无花结果，
但与花共眠。

消了残睡。
浓茶一杯，
享我清凉。
荷叶里藏，
上我兰舟，
晃晃悠悠，

大肚子，二郎腿，一片凉席一碗水。
白日梦，做得美，鼓鼓皮囊吧嗒嘴。

喝它一杯小酒，
玉泉剑舞长龙。
一脸迷离醉意，
满树柿子通红。

摘下云彩泡酒，端起荷叶浇愁。
风来一切皆无，酒里什么都有。

紙上水墨亂潑點綴
鮮花一朵
沒有深刻
含義畫
的祇是寂
寞丙申小雪
寫

纸上水墨乱泼，
点缀鲜花一朵。
没有深刻含义，
画的只是寂寞。

趁风拂柳，喝点小酒。
趁夜未央，煮茶炖汤。
趁好牙口，啃啃骨头。
趁天破晓，活动手脚。
趁发未雪，走走山河。
趁人未老，积善行好。

泡泡臭脚丫子，洗掉足下征尘。
翻开一本宋词，书香清冽熏人。
花瓣掩嘴偷笑，花蕊绽开花痕。
千年风花雪月，此刻借诗还魂。

一段古老城墙，
一个少年轻狂。
一曲兴替悲歌，
一泡历史沉香。

鱼儿涉江而过，芙蓉开了千朵。且修且行且思，大悟终得善果。

庙里种大蒜，捆成一大串。快把佛珠念，数数多少瓣。

虽然看着粗鲁，但是智慧颇深。
没事拔个垂柳，办事非常认真。

深巷藏酒肆，酒香扑鼻来。
酱味特别浓，难道是茅台？
钱少喝不起，只好苦徘徊。

三个和尚挑水，人人心里有鬼。
高的假装太累，矮的只知动嘴。
没人想多干点，你让我躲他推。
三人磨叽半天，方丈下山来催。

嘴巴快乐肚生结石，
柿不关己高高挂起。
一壶山水不谈果事，
吃饱喝足爱咋咋的。

《一清二白图》
一棵大葱两头蒜，没有农药很少见。
还是古人会享受，想想后人多可怜。

梦里桃花迷离，我醉误摇花枝。鸟惊仰天大笑，花香袭我青衣。

世间花谢花开，人来人去何奈。
葡萄架下吃酒，醉听风过楼台。

江湖道道深，乱花遮树荫。欲念一边去，身隐桃源村。

筑屋在深山，
修心水云间。
难寻高士面，
只见生炊烟。

摘下一片白云，写下满纸酸文。

写罢文章，种种农田。时间一久，两者都难。

天下好文章，不是文人写。

手摇败火蒲扇，一片树荫独享。
来者茶水伺候，道尽世态炎凉。

天边一朵云彩，地上两个无赖。不管狗事猫事，只想喝个痛快。

《笑侃风云图》

今天风卷残云，明日雨打芭蕉。手里一壶小酒，腮上两抹傲娇。

三两销魂酒，一池快乐天。任你八面风，此生醉花间。

江湖打打杀杀，不如荷塘赏花。

江湖是个葫芦，万事难得糊涂。

一个能容大肚，三个老者福禄。

剑入鞘，酒端起，险恶江湖，都是好兄弟。

今夜虽无酒，剑墨酬朋友。

顺着梯子登高，
山顶吃点夜宵。
屁事聊得正欢，
月牙爬上山腰。

小屋在山崖，云朵映晚霞。树上有鸟叫，地面蛤蟆爬。
好友三两个，闲聊忘回家。采了铁观音，共饮一壶茶。

春天看杨柳，夏日赏荷花。君子常来往，小人甭理他。

嬉笑怒骂如嚣嚣
谦卑喫喝
拉撒减肥
身为草根一枚
原劳史
书名垂

丙申小暑
写

不劳史书名垂。
身为草根一枚，
吃喝拉撒减肥。
嬉笑怒骂谦卑，

远闻老妇骂街，
放下烂书赶来。
装作修剪春桃，
斜眼等看热闹。

两个文痞叫骂，貌似准备打架。
找块石头坐下，等着看丫笑话。

墙下睡个懒觉，墙外花儿已开。
顽童打扰不醒，梦见佳人走来。

睁它一眼闭它一眼，
上台下野懒得去管。
大千世界少点折腾，
只想安静做个美男。

仿佛逼格清高，
却又无限风骚。
拿起之乎者也，
满嘴大腿蛮腰。

此时正值盛夏，啃它一块西瓜。
小事吃完再聊，现在没空说话。

一个好大西瓜，吃得满嘴哈喇。肚皮岂不快哉，管它败柳繁花。

馒头刚掀锅盖，
一场大雨袭来。
世界浮躁闷热，
正好凉快凉快。

夜半梦醒憋起，茶酒喝多尿急。
可怜一池荷花，蛙叫我也不理。

一双大脚镇小楼，
悠然自得君莫愁。
江湖无非那点事，
争名夺利打破头。

骑上我的毛驴，赶个山村大集。
集上什么都有，吃的用的穿的。
书中少了风景，人群多了真实。
我来凑个热闹，看看世间欢喜。

淘了一幅古画，
画上裸女火辣。
有人说她低俗，
有人说她高雅。
反正自己喜欢，
好坏随她去吧。

天上悬了个黄，出门遛遛饿狼。
路遇顽童耍赖，满地打滚要糖。

闲着磕磕瓜子，聊聊家长里短。有些国际大事，离咱好像太远。

三两猪头肉，一瓶二锅头。快乐两件套，专治各种愁。

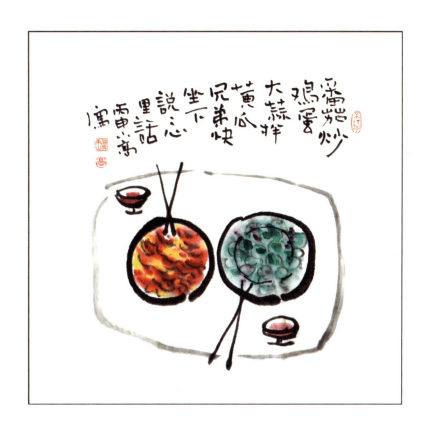

番茄炒鸡蛋，大蒜拌黄瓜。兄弟快坐下，说说心里话。

虽然露面不多，江湖仍有传说。
偶尔遛遛小鸟，满地乞丐叫哥。

一团云儿不动，
独坐云下吃杏。
身边吐核留香，
石上蚂蚁咬腚。

坐在苹果树下，梦想成为牛顿。苹果半天没掉，耽误我的理论。

水边蘸墨画画，
染黑一池荷花。
好画无人来赏，
水黑老妇来骂。

铁鸡斗嘴抢食，蛹虫化蝶破茧。
那些人世争端，不过一缕青烟。

今天好大雅兴，
独坐与鸟对瞪。
鸟儿在想什么，
有闲就是任性。

鸟儿脖子很长，吃饭像匹饿狼。在下养不起了，快去找它亲娘。

看见一对鸳鸯，整得庄稼乱晃。红着脸儿出来，压坏一地高粱。

走它三步两步，前面就是食物。
明知是个诱饵，可是也要饱腹。
要饭还是要命？
踱步，踱步，鸟儿脑子短路。

一缕清风明月，两句酸诗倒牙。放下破事睡觉，梦里还要推拿。

— 再说几句 —

信马南山其人、其事、其画

孙业亮

信马南山就是老高。老高要出本画册，这个消息也是今年才听到，我觉得：挺好！这个有点才华的人需要一个载体去表达他自己。

说起老高真正专心画画，应该是近几年的事。以前都忙于生计去了，现在可能生活相对稳定，有了闲散心情，再加上读了万卷书，行了万里路，阅了人也无数，经历增长了，就想附庸风雅，发发情，卖卖骚。老朋友，都理解。

没看画，我就能猜到是什么类型的书。一定和他的烂诗有关系。

我和他算是发小，也是同学，初中时，我们是同桌。此君对文学的热爱始于小人书，小时候藏书颇丰，什么《十五贯》《三国演义》，等等。几百本的数量。再大点，开始听评书：《岳飞传》《杨家将》《隋唐演义》，等等。什么：顶盔掼甲，罩袍束带，系甲拦裙——里面的段子张口就来。

此君偏科很严重，物理化学狗屁不通，语文、历史却好得出奇！尤其是写作文，在这个小镇中学里，名气很大。每个周五的下午是作文课，老师都会念范文，每次都是他的。语文组老师都会相互传阅，经常把作文拿到高年级班上当范文读。每次写作文，人家都写出花样来，我记得有一次写《我身边的好人好事》，老高挺烦这种命题作文的，没辙还得写啊！后来他是这么写的，大体意思是：我站在云端里，手搭凉棚往人间鸟瞰，所看到的一幕一幕助人为乐的故事，分好几个章节。这几个故事也俗，但是不俗的是结尾：他一觉醒来，掐掐胳膊捏捏腿，原来是南柯一梦！这种写作文的方式在当时真是少见！估计受了莫言魔幻象征主义的影响。那时候他就开始研究莫言了，《透明的红萝卜》他看了好几遍，曾经对我说过，说实话以当时的智商，他也看不懂。但是冥冥中他感觉这是很过瘾的叙事方式。

到初三的时候，他开始玩着写作文了！有时候，他直接写一首诗交上去，老师除了佩服还是佩服，也不会说什么，没办法，在写作上他有特权。有一次，他竟然把一部他暑假写的中篇小说《世界上每一朵雪花都为你流泪》搬到作文本上，老师直接写：带本子到办公室来。后来老师对别人说："或许一个伟大的作家要诞生了！"

不得不说，这位老师的眼光很敏锐！但是这次看走眼了！哈哈！时间磨砺了他的才华，他喜欢的莫言走上神坛，而他一直在山下徘徊不前。

至今赶上初中同学聚会，多年不见的同学提起当年的大作家，他也赶紧岔开话题："来，喝酒！"酩酊大醉后伤了仲永，也伤了肉体和自尊。

我们做同桌的时候，上枯燥的物理课，他就写诗，写到好的句子就强制我背诵，很可恶！至今我还隐约记得几句，成为今日酒桌笑谈。写这段文字时，他提供了当年在其淫威下我背诵过的全诗：

纵马逐岁华／秋人劲登山／拭罢老泪送晚／日月挂 ／星辰悬／狂歌高峰独伤叹／不见伊人回还／青声已尽／何处是人间／回看春秋几度／晚霞断炊烟

为赋新词强说愁！在那个小小年纪，谁知道他哪来的这些华丽辞藻！以及从化学符号几何算题夹缝中逃生的风花雪月！当然这些句子现在读来也不错。

那时候初中毕业有这么几条出路：一是考中专，这是不可能的。二是考高中，这也是不可能的。三是当兵，这是可能的，可偏偏老高轻度近视，这条路堵死了。四是回到广阔的农村天地，体验田园生活。貌似老高只对田园感兴趣，对种地兴趣不大，说重复劳动，太累。

偏偏这时候，机会来了！说考美术可以直接进县一中，而且关键文化课不考数理化，老天有眼啊！

经过短期素描速写培训，加上对文艺的天赋，加上语文、历史、地理的强大优势，他顺利进入了县一中。

入学后老高还想转到文科班，于是在测色盲时故意瞎说一气，这是很多转文科班的最有效方法之一。后来老师证明这是假的，种种原因，还是继续学了美术。

三年高中生活，除了画画就是文化课，写作的事情放下了。只记得老师也读过他的一篇散文，那写得真是好！形也散，神也散。

在高一时他到处投稿，貌似还获得过一个全国三等奖。写得很好：

幽幽的笛声 / 不尽的感叹 / 滴滴音符 / 化作泪珠串串
虚伪的荒谷 / 旷荡的野原 / 声声啜泣 / 汇聚无数可怜

高中升学的压力使得他的写作才能无从发挥。上了大学，课程少了，本以为可以安静地诗和远方，但现实又一次让他选择了苟且。

那时候"经商热"风生水起，学校里到处充斥着厚黑学、口才学、人际关系学。老高发现自己的性格开始变得封闭、不开朗，当一接触诗词小说的时候，就沉浸其中，不能自拔。他喜欢卡夫卡，可是不想在行为上成为那样的人。

别了，文学！长时间的反思之后，他几乎不再看小说，不再写东西。人也渐渐正常了起来。

但他文学的细胞也时不时闪一下火花：大学实习时到一广告公司兼职，有一次公司老总和创意总监一干人等为了某渔业水产公司的广告语在彻夜加班，看见老高就说："来来，一起想想。"老高看了一下他们写的，很冗长，太具体，如：来自大海的鱼，让您的家人……老高略一沉思，写了四个字：鱼味无穷。老总腾地一下就蹦了起来，脸色大喜，连说："好！好！……抽烟不？"老高摆摆手，下班走了，不带走一片云彩。当月此广告语配上老高手绘鱼的报纸广告传遍全城。

工作了，他业余时间一直在速写本上画来画去，有时候在旁边写句诗，抒发一下。那时候他并没有深入接触国画，但在当时省城报纸发表的系列漫画上已经有了国画的神韵。所以翻看现在的作品，还有当年的影子，只是多了内涵。

分配到新的单位，办公室阿姨对他说："终于来了个学美术的，这下我们的板报有人做了！去年我们全厂得了第三，你来了今年得个第一！"——后话是那一年的板报得了第六。世事难料啊！老高很尴尬，从此再也没人找他做板报了。

　　北上后，老高住在三元桥的出租屋里，每到深夜，他灵感迸发，在隔壁房东大嫂的呻吟以及房东大哥的推车赶牛伴奏声中，画了很多类似本书中的诗配画，深刻鞭挞了当时独守空房的血淋淋的现实，以及"独在异乡为异客"的无聊境况。

　　老高换了很多工作，挣了点小钱，受了些挫折，尝尽了北漂族的酸甜苦辣，这些都为现在的画作做了文化和生活积淀。重要的是，他在褪去青涩和假纯，慢慢成长，直到人到中年，岁月揉皱了他的脸。

　　老高年轻时爱喝酒，性情中人，也交了不少朋友。我们共同的朋友有个叫老陈的，特佩服老高。这缘于老陈竞聘总经理那件事。老陈是职业经理人，要应聘某知名连锁药店总经理。把老高叫到家里，说第二天要进行竞聘演讲，八个股东要去听，写了个PPT，让老高帮提提意见，修改一下。老高看了两页就把PPT关了，说了一番高论，大意是：你写了那么多市场分析、行业前景，这个我不管，写得对错你更专业。但是你的题目是：论某某连锁药店在行业的发展前景。题目没有亮点，平庸，听的人记不住，要有个主标题带一下。老陈说："很对！赶快帮我想想。"老高说："只需要三个字——营、盈、赢！营是经营，盈是盈利，赢是赢得市场。"老陈拍案叫绝！对啊！亏损了多年，这不正是股东想听的话吗？第二天老陈成功赢得总经理职位，打过电话来报喜："老高啊！讲完后八个股东一下就记住了营、盈、赢！说讲得太好了！"当晚喝酒庆祝，不表。从此老陈鸡零狗碎的事都找老高。

　　写了这么多废话，好像在给他写传记。写的全是优点，缺点当然也很多啦！这几年大家都忙于生计，联络不多，但是一旦见面，还是好兄弟，因为彼此知根知底。再见面时发现他变了许多，更低调，更务实，业余健健身，写写书法，执着地画画，这种状态很好！像一个酸秀才该做的事。

2016 年 3 月 30 日

图书在版编目（ＣＩＰ）数据

野花开处是家乡 ／ 高学军著绘 . -- 南昌 ： 江西教
育出版社， 2016.12
ISBN 978-7-5392-9177-2

Ⅰ．①野… Ⅱ．①高… Ⅲ．①散文集－中国－当代②
汉字－法书－作品集－中国－现代③绘画－作品综合集－
中国－现代 Ⅳ．① I217.2

中国版本图书馆 CIP 数据核字 (2016) 第 298229 号

YEHUA KAICHU SHI JIAXIANG
野花开处是家乡
高学军　著绘

出版者：江西教育出版社
社址：南昌市抚河北路 291 号 邮编：330008
经销：各地新华书店经销
印刷：中印南方印刷有限公司 印刷
开本：889 毫米 ×1194 毫米　24 开
印张：8.5 印张
字数：70 千字
版次：2017 年 3 月第 1 版
印次：2017 年 3 月第 1 次印刷
印数：5000 册
ISBN 978-7-5392-9177-2
定价：**68.00 元**

赣教版图书如有印制质量问题，请向我社调换　电话：0791-86710427
投稿邮箱：JXJYCBS@163.com　　来稿电话：0791-86705643
赣版权登字 -02-2016-726